엄니

엄니

송만철 시집

문학들

시인의 말

멀고 먼 길이여
순간의 삶이여, 시여

더더욱 나를 들깨워라

2016년 8월
송만철

차례

어린 날

엄니는 먼 섬으로 장사를 다녔다
뜨거운 김 식지 않은 청단지에 삶은 찌눌렸지만
살림을 나누어 질 사람은 아무도 없었다

엄니가 없는 밤
천장 쥐들이 더 난리 판굿이었고
문살 틈으로 기어든 별빛들이 무서웠다

사흘 닷새 만에 돌아온 엄니
생선 몇 마리와 미역 서너 다발을 칭칭 동여매고
물씬한 바깥 얘기도 없이 몸져눕곤 했다

가슴에 피가 도져 뒤틀린 몸으로 온 방을 쓸고 다녔다
가슴 언저리에 달궈진 돌 얹어 주면 휘둥그레 눈이 풀려
깊은 잠에 곯아떨어졌던 엄니

밤중에 언뜻 깨면
달빛 사나운 물레 가에 홀연히 앉아 있었다

간혹 흐느끼는 소리가 대바람에 쓸려갔다

그리움

　지땅에서 소를 뜯기다 밭머리에 서면 서녘에 걸린 구름들아
　엄니의 저녁밥 짓는 흰 냉갈이 피어올라 뭉게뭉게한 눈시울들아

　소는 마구간으로 들고 후딱 닭장 문까지 걸어 잠그고
　나는 목메어라 한 방울 국물까지 숟갈 떨거덕대다

　마당으로 나가면
　노을은 가고 샛별이 눈물처럼 와락 했던 날들이여

밤 줍던 새벽

밤중에 오줌 싸러 마당으로 나가면 달려들던 별보다 빠르게 알밤 알밤들 냅다 떨어지는 소리, 인기척에 놀란 토끼가 풀숲에서 튀듯 대숲이 소란스럽고 땅이 내지른 소리에 밤잠을 설쳐 어둑한 신새벽 울타리 끼어들어 정선네 오래된 밤나무로 가면 깻단에서 톡톡 튀어나온 알갱이들처럼 알톨의 밤이 땅에 깔려 금세 주머니 볼태기가 불거질 때쯤 드러난 뿌리에 똬리를 틀고 혀를 날름거린 뱀에 질겁하며 오싹거리는데 천식 깊은 늙은 신샌의 문 여는 소리가 들리고 그 집 손지들이 후다닥 뛰쳐나오는 와자한 소리에 잽싸게 울타리를 끼어 나와 돌아보면

사동 뒷산으로 번진 아침노을 속에서 샘물 출렁거린 물동이를 이고 마당으로 우뚝 들어섰던 엄니여

사챙기를 꼬다

몰랑 솔숲에서 긁어모은 가리나무 마당에 부려놓고
싼내 물씬한 감제 허겁지겁 쑤셔넣고
햇빛 모닥거린 토방 한 귀퉁이서 사챙기를 꼬았네

닭이 내깔긴 물찌똥 질펀한데 개는 꾸벅거리고
용두 뒷산으로 구름을 좇다 장사 떠난 엄니가 울컥 맺
혀서
찡한 마음까지 손바닥에 쩍쩍 뱉어서 사챙기를 꼬았네

뒤울 대바람이 기웃거려
참새 떼 울음도 새려지고 평애들의 까마귀 떼들이 엮
이고
덕산 넘어 팔영산 굽이굽이 꼬여져서

물짠 가난이나 설움까지 꼬여져서

살아 살아 풀린 적이 없는 어린 날 사챙기여
깊이깊이 묻힌 날들의 눈물 같은 뿌리들이여

봄날이여

　장사 떠난 엄니가 울컥 맺혀서 마당을 서성거리다 장
독대 가 쪽이나 파 제쳐 꽃밭을 만든 봄날, 맺힌 속이 실
타래 풀려가듯 모퉁 밭둑에 제비꽃, 지땅에 할미꽃, 대밭
에 참나리 몇 폭을 옮기고 동생이 퍼 나른 옹달샘 물로
흠씬 따독거리자 둥그런 항아리 엉덩짝이 내민 그림자가
서녘으로 가고 도토리나무가 흩뿌린 시붉은 노을이 떠나
가고 온 마당에 오종종하던 병아리가 어미 품에 안기듯
일궈 놓은 꽃밭 세상

　밤새 꼼지락거렸던 별들이여
　못내 꿈길이여

눈빛이여

지땅밭 언덕에 땅찔구 꺾다

겨울잠 깬 뱀한테 덜컥 물렸던 아득함이여
금세 하늘도 샛노랗게 질렸던 몸서리침이여

집으로 치닫다 대 끌텅에 찔린 것 같은 까마득을
한 숟갈 된장으로 덥석 싸매 주던 할매

오래고 오랜 그 밤, 다시 세상에 없는 눈빛이여

가고 싶어라

봄날의 햇살이 내리쬐는 덕산밭에서 사촌 형네와 잡곡 심을 밭을 일구다 호미 괭이를 내려놓고 아지랑이 멀리 너울거린 마을을 보며 이런 말 저런 얘기 흠뻑 취하고 싶어라

여물을 삶던 소 마구간 무쇠솥에 대바람이 기웃대다 문틈으로 훅 끼쳐든 문풍지 소리에 밤은 깊어 다가올 날들이 설레던 작은방에 가고 싶어라

대밭 부엉이울음은 뿌옇게 잦아들고
엄니의 솥뚜껑 여닫는 소리가 몇 번 덜꺼덕거려
찬 새벽 불기운이 번지는 아랫목으로 빨려들고 싶어라

그 밤들

색우가 아깝다고 처마 밑 남포등도 꺼 버린 여름밤
마당에 깔아둔 덕석에 나앉은 식구들

몬당밭에 심을 마늘을 쪼개다가 성제들 졸졸이 누워서
모깃불 냉갈이 풀려가는 하늘에 매캐한 별똥별이 떨어
지면

쌀밥 주라 뚝딱
더 더 쏟아져라 뚝딱

잠에 금방 곯아떨어졌던 어린 밤
방에 가 자라고 엄니가 들깨웠던 으슥한 밤

사립문까지 성큼성큼 다가섰던 별똥별들
봉창을 뚫고 머리맡에 숭얼숭얼 쌓였던 그 밤들

이 세상 갈 데까지 그 밤들이여

꼬리를 물다

개불알꽃 흐벅져 벌 때 와짜한 마늘밭을 메는데
묵전 밭으로 개는 튀어서 핑핑이 솟구치네

무당벌레 한 쌍이 홀랑 맞붙어 간당거린 풀잎이 흠칫
땅속에서 놀란 개구리는 튀어올랐네

먹고 싶다는 장조림 멸치볶음 엄니께 보내야겠네
찬 데서 싹을 툭툭 밀어올린 감자도 얼릉 심어야겠네

소리치다

봄꽃 일렁이는 산언덕 엄니 따라 걷던 밭길이여
저문 밤길에 머슴새와 항꾸네나 울어쌓던 들판이여

어디로 갔냐

바람 거친 해 질 녘 찾아들던 새들아
잠방거린 물논에 깨구락지들아

등잔불 밑에 둘레둘레한 식구들
그 가난아, 따뜻했던 울먹임아

멀리 멀리, 어디 까마득하냐

엄니가

"아야, 쩌그가 대춘 같다야"

"평애들 건너 대춘마을 말이요!"

"자갈구신 나온다는 덕산 구부탱이는 안보이요?"

"거그 산밭에 뽕나무도 있을랑가 몰라…"

서울 강서구 도시개발 아파트 15층
끝없는 아파트 단지 단지를 내다보면서

누구일까

"모퉁밭에 누가 엎제 있다냐"

"금매 이 뙤약볕에 누구다요"

"아이, 서랍 쪽으로 온다이"

"누구요"

"나도 몰라"

방화동 영세민 아파트 1512호
두어 평 방에서 벽만 쳐다보고 누워서

마음 다잡다

요양원에 있는 엄니를 보고 나서

산녘을 헤매다 들판을 쏘대다
방구석에 처박혀도 엄니의 얼굴만 선해서

다잡는다, 나는

세상에게 나에게 더 앙칼진 칼을 품기로

끊자

목소리 끊어질 듯한 전화통화로 엄니가

"왜 안 와…"
"나 어디든 데러가 부러…"
"말하기도 힘들어…, 언능… 끊어…"

세상, 나도 끊어야 할 때가 되었구나

헛되어라

아궁이에 불을 지펴도 거꾸로 내쳐 버린 냉갈 같은 날이여
논으로 가도 논이 보이지 않는 까마득한 삶이여

눈만 뜨면, 옛적

엄니가 부엌 솥에서 삶아낸 감자만 떼굴떼굴 보이는 것일까
엄니가 밤마실 갔다 돌아온 발자국 소리만 들려오는 것일까

가고 싶다던 고향에 한번 오래 모신 적 없고
살고 싶다던 시골에서 호미 자루 한번 쥐어드린 적 없이

서울 양로원에 맡겨버린 빌어먹을 생이여

밭으로 노을빛 서녘이 뻗쳐온들 무엇입니까
고향 같은 시골에서 살아간들 무엇입니까

때가 있다

아파트 방에 혼자 누워서
티브이 〈6시 내 고향〉 프로에만 눈이 번쩍 뜨여

"나도 저런 일 할 수 있는데…"
"나도 저렇게 살고 싶은데…"

인자는 할 수 있는 일을 할 수 없는
살고 싶은 곳에서 살 수 없는

한 몸이 된 침대에서 눈만 젖어 있는 엄니여

어쩌랴

가문 날 논바닥같이 그리움은 갈라 터져서
가고 싶으나 갈 수 없는 간절함은 애타서

눈을 감아도
눈을 떠도

낮이냐 밤이냐

아픈 노인들이 질러 대는 괴성은 쩍쩍 달라붙어서
시도 때도 없이 찾아든 사람들의 말이 싫어서

가자 가자 어디든
깬 듯 꿈결엔 듯 중얼거리는 엄니

다시 소스라치듯 깨어서

언능 가라고 집에 언능 가라고
그렁그렁 벽 쪽으로 눈을 두면서

떠도는 나여

씀벅한 낫과 앙칼진 곡괭이가 꼿꼿이 꼬나볼 때가 있다
들길 산길 쏘다녔던 어린 야생野生이 화들짝 깨어날 때
가 있다

빗줄기 내리꽂히듯
꿩이 솟구쳐 오르듯

비안개 첩첩산중 가슴을 도려내려 헤매었으나

산골바람이 등짝을 후려친들 어쩌겠나, 난들
온 산에 굽이치는 지빠귀 애끓는 울음인들

육시럴 눈빛으로 회돌아쳤으나
선술집 솥뚜껑 여닫는 소리 같은 시끌쩍한 몽매蒙昧들
이여

여기가 어디지!

빗발친 개밥그릇에 사료나 퍼 주고
타올라라, 아궁이에 불감들 아귀아귀 처넣어 보지만

우렁우렁 세찬 날이여, 비안개 속 엄니여

입춘 무렵

마을 골목에 쌓인 낙엽을 모아 밭을 덮은들
뒷산에서 땔감을 지게 가득 지고 온들

무엇입니까

산과 들과 바람이 있는 자연을 뼛속 깊이 새겨 주어서
시골마을에서 땀과 노동의 삶을 가르쳐 주어서

거침없이 나, 흙으로 돌아왔거늘
돌아와 논밭에 출렁대는 뭇 생들의 숨결에 살아 있거늘

이 아침 푸짐한 밥상은 무엇입니까
이 저녁 따뜻한 아랫목은 무엇입니까

녹동

녹동 바닷가 선착장 뒷골목에 사글세 튀김집
골목길 취한 사람들 소리에 잠들다
뱃고동 소리에 잠 깨는 집

느그 큰성이랑 펄펄 끓는 기름 솥에 살자 살자 튀김을
튀겼으나
존니레 논자락 밭배미 손길이고 앞산 뒷산 꽃피던 맘
이라
화통 울화통 삭히고 삭혀 삶을 튀겼으나

생선튀김 한 접시에 우라질 뱃놈들
떨이 생선 칠퍼덕 내던져 주고 소주병께나 비워 대며
긴 소리 짧은 소리 몸서리 무서리 치떨다

녹동을 떴제

느그 사촌 누님이 사는
서울 봉천동으로 이삿짐 싸부렀제

가지 마

서울 보라매병원 사랑관 5층 603호
내가 자리를 뜰 때마다 엄니는

"어디 먼 데 가지 마…"
"언능 와…"

딱 두 마디

초조한 마음을 비치면서
불안한 눈빛을 굴리면서

가거라

옴짝달싹 할 수 없는 엄니를 찾아갔더니

눈 뜬 것은 잠깐

실바람 실린 찔레순의 떨림처럼
눈 감은 엄니의 미간이 파르르 떨릴 뿐

간다 하니까
언능 가라고

보고 있으나 보지 않은 텅텅한 눈망울처럼
속울음도 다 보타 버린 눈망울처럼

다다 헛것인 양
훌훌 털어 버린 듯

자식이면 뭐다냐

눈 감아 버리시네

비닐집

별이 떨어져 강감찬이 태어났다는 곳 낙성대
서울대학교 후문 쪽을 오르다 꺾어 돌면 마을 하나
들어서기 전 산 밑에 비닐하우스, 그 집

큰바람 일어 나무가 하우스를 덮치기도 했지요
방까지 기어든 빗물에 날밤 샐 때도 많았지요
고무통 묻은 화장실 똥소매는 엔간히도 넘쳤지요

봄날에 아카시아 꽃향기 방 깊숙이 설레기도 했지요
그래 그래 세상이 속여서 날벼락 칠 때도 있었지요
겨울에 쌩쌩 눈바람 떵떵여도 연탄방은 따스웠지요

아침이면 관악산 안개가 살갑게도 들락거렸던
낙성대 그 비닐하우스 집

이 집에서 엄니 육순이 되어
일가들 모여서 서러운 술잔들 깨지도록 앙탈부렸지요

그래도 세상에 떼인 돈은 돌아올 줄 모르고
방화동 영세민 아파트로 쫓겨났지요

누가 환자인가

병실에 누워 있는 엄니를 보러 온 간호원이

"저가 누구인 줄 알아요?"
"몰라!"
"여기가 어디인 줄 알아요?"
"몰라!"
느낀 대로 대답하는 엄니가

환자인가

정신과 치료 상담실에서 엄니에 관해
20여 가지 우울증 망각 환상 등에 관한 항목에
예를 갖춰 하나하나 대답하는 내가
사람에 교육에 사회에 잘 길들여진 내가

중증 환자인가

아니면

20여 가지 질문지 항문肛門에 쑤셔 박혀

최첨단 의료실에서 컴퓨터만을 두들겨 대는 전문의사가

구제불능의 환자인가

그때가

동네 남정네들 팔영산까지 나무하러 댕겼드란다

해거름판 돌아올 때쯤 모시 삼던 에펜네들 성기동 넘
어가던 솔재까정 마중가믄 다들 거그쯤서 한 다발씩 여
주고 짊어지고 앞서거니 뒤서거니 후딱 굽이길 돌아갔는
디 느그 아부지는 두어 사람 몫을 짊어지고 혼자 저 저
아래서 깐닥깐닥 오는 것을 보믄 얼매나 밉고 원망스러
워 울화통이 터졌던지, 그랑께 느그 아부지 오도라꾸란
별명이 붙었제, 소꿉장난하듯이 나뭇가지 쬐깐하게 사챙
기로 둘둘 말아주며 어서 배삐배삐 가소 하기에 걸음아
나 살려라 고갯마루에서 돌아보면 그 사람 오는지 가는
지 그 자리가 그 자리인 듯했더니라

그 덕에 집구석 이 방 저 방
삼동 내내 후둣하게 보내지 않았것냐

그래도 그때가 따뜻했더란다

소 눈이

어릴 적

영기보에서 멱 감다 떠내려간 고무신 한 짝 찾고 싶네
동편 샘에서 물 퍼 올리다 툭 끊겨버린 두레박 건져내
고 싶네

저 눈을 보며

하는 일마다 허탕이기를
모든 말을 잃어버리기를

깊고 깊은 저 먼 숲에서 홀딱 벗고 싶네

만파萬派가

바람의 들판에 철썩거린 샛노란 벼들처럼
드넓은 고흥바다에 반짝대는 금빛물결

이 물결이 천파만파千派萬派입니다

아니 볼수록 한 파도로만 물결칩니다

시시때때 삶의 굽이길마다 처연했던 눈빛이여

일파一派로 일파一派로, 엄니로만 밀려듭니다

이 밤중에

병실에서 주무시는가 했더니
엄니 손가락이 움직이네

어디를 가고 싶은지
무슨 속말을 써 대는지
캄캄 세상에 혼자 속을 터트려 보는지

눈을 감고 마음이

옛적 곯아떨어진 자식들이 차 버린 이불을 덮어 주는
것일까
발자락에서 봄꽃 일렁인 마을을 내려다보는 것일까

끝끝내 하지 못한 속말을 혼자 울컥대는 것일까

환자도 간병인도 다 잠든 이 밤중에
비상등만 애타게 쳐다보는 이 병실에

어둠 속 길에서 또 무엇을 몸부림치는 것일까

불을 떼다

타올라라, 불아 타올라

소리소리 터져 눈멀어진 대통처럼
터져 버려라 마음아

뒷날 먼먼 뒷날까지 몸서리치게 사라져라

그때를

부인네들한테 좋다는 염소 한 마리 고아 먹자던 때가
언제였다더라

시골집서 느그 작은 엄니하고 모닥거려 살 때 지땅밭
모퉁밭으로 평애들 논으로 독점산으로 이 일 저 일 항꾸
네 함시로 야착한 다툼 한 번 없었던 그때, 두 동서가 했
다는 약속, 후제라도 살림 피믄 꼭 염소 한 마리 고아 먹
자던 약속

바닷가 녹동으로 이사 갔다
먼 서울로 와버려

수십 년이 흘러
두 분 다 팔십이 넘어

어저께 했던 약속처럼
늘 서정기* 작은엄니 얘기를 되새겼던 엄니

* 서정기 : 전남 고흥군 점안면 사정리 서정마을.

어디에

천장이고 벽뿐인데 어디에 눈빛 두는 겁니까

일어날 수도 걸을 수도 없는 몸이 되어
인자는 갈 수 없는 지나온 세상길 헤매는 것입니까

산녘 길에 눈바람 치는가요
들녘 길에 까마귀 떼 나는가요

덕산밭 찔레꽃 무더기에 설레발레인가요
서편으로 잦아드는 달빛에 찡한가요
과역 장날 붕어빵에 자식들이 애타게 선한가요

그렁그렁 눈빛 돌리시네요 엄니
창밖은 빌딩들 벽뿐인데

 흙냄새 물씬한 빗발이 치는가요
 눈발처럼 들이친 만남들이 시울시울 겨운가요

날아가네

봄바람 살가워서 진달래꽃 지고 산벚꽃 흐드러져

골골에 머윗대 자진머리로 판 판 왁자지껄
흥에 겨운 몸 들썩이는데

아뿔사!

청개구리 한 마리
펄쩍 뛰어 넓떡한 머윗잎에 틀고 앉아 빠한 눈빛

푸드덕 솟구친 꿩 한 마리 엄니께로 날아가네

외갓집 제삿날

  윗마을 외갓집에 엄마를 깨나 아꼈다는 윗대 할매 제
삿날, 제사를 지내고 한 보따리 음식까지 챙겨 주어 집으
로 가는 길, 당골네 청수집을 지나 이발소 종수집을 지나
사장나무를 지나면 온 하늘에 쫙 깔린 별을 따라 공동묘
지가 멀지 않은 논둑길로 들어서 힐끔거리면 헛깨빈지
도깨빈지 쏜살같은 불빛들이 치달아온 것 같아 물논으로
헛발 딛길 몇 번, 질컥한 신발이 괴성을 질러 대는 논둑
길을 벗어나면 시커멓게 웅크린 모퉁 산길

  혓바닥 날름거린 솔잎들이 섬뜩섬뜩 찔러 대서 와락
한 무섬증으로 거칠어진 숨소리에 "아가, 사람이 무섭지
세상에 뭐가 무섭다냐"며 엄마가 덥석 손을 잡아 주던
산길 어둠길, 나무 우듬지에 실린 별들이 바람에 쏘삭거
리고 인기척에 놀란 밤새들이 솔숲에서 푸드덕 날아오를
때는 엄니도 놀라 손목이 바싹 댕겨지고 걸음이 빨라지
며 모퉁 밭머리를 지나 대밭 길을 지나 몰랑집

  우리 집 마당에 들어서면 잠귀가 밝은 할매가 "인자 오

냐"는 소리에 보타 버린 오금이 풀려 버린 밤이여

엄니 손을 꼭 잡고 곯아떨어진 따뜻했던 날들이여

사진 한 장

아버지가 돌아가신 해 겨울
외갓집 삼춘이 찍어 주었다는 사진 한 장

엄니랑 나랑 동생이랑

동생은 눈 또랑한 돌 두 살
나는 짝 양말에 성이 물려주었다는 옷을 입은 다섯 살
엄마는 쪼그려 앉아 막내를 꼭 껴안은 막 서른

무엇을 찾겠다고 세상을 헤매다
오십 년이 훌쩍 넘어

 나는 땅을 일구다 날아가는 새한테나 넋을 놓은 농부
가 되었고
 동생은 말로써 말의 성공 비결이 있다고 말이 많지 않
은 연설가가 되었고
 엄마는 사지육신 딸싹 못하고 요양원 침대에만 누워
계시고

사진 속 저 자리, 저 생가터

삶의 젖줄아, 세월아

가야지

싯돌에 낫을 갈아
푸나무로 잔뜩 우거진 뒤뜰로 가다

처마 끝 거미줄에 걸린 벌레를 순간에 옭아맨 거미를
보고
두릅나무에 엉겨 붙어 무작시레 피어 댄 오이꽃들을
보니

보였습니다

토방 한편 놋대야에 오종종한 옥수수 모종이
물레 가에 비닐로 칭칭 감겨진 들깨 씨앗이

낫을 버리고 호미를 들어야 할 때가 있고
호미를 버리고 나에게 가야 할 때도 있구나

뒤뜰을 버리고 밭으로 갔습니다
밭을 버리고 엄니께로 달려갔습니다

봉천동

자반고등어같이 절여진 생生의 좌판 펼쳐 놓은 골목
자울자울 저물었던 엄니여

가자미 꽁치 조기 몇 마리 이글거린 탄불에 사람들 북
적거리기도 했지요
북적거려 일수로 찍어 댄 곗돈 떼이고 밑천까지 세상
에 털렸던 봉천동

사글세방으로 더러는 새도 찾아들고 담장에 목련꽃도
만발했으나
바람 불러들인 뒷산이 오라고 손짓한 날들도 많았으나

그날이 그날이었던 봉천동

길눈

　복지관에서 ㄱㄴ가나 더듬더듬 써대다 때려치운 엄니
야
　한글 못 떼어도 한 번 간 곳은 단박에 찾아가는 길눈
밝았던 엄니야

　시골 콩밭 넘어 노을 깔린 중봉저수지 물살에 눈이 트
였을까
　써벅써벅 뽕잎 갉아먹던 누에들에 마음눈이 트였을까
　애비 없는 자식들 넷, 세상에 억척같은 삶눈이 트여 버
린 것일까

　저 뜬 눈, 빤히 쳐다보는 저 눈

　비릿한 전대 하루내 펄럭댔던 봉천동 골목길 어디쯤에
　에린 막내 별 탈 없었던 날, 마당으로 쏟아지는 별들에
　지게 때려 부수고 집 나간 둘째, 먼 서울에서 온 편지에

　속눈이 트였을까

다시 말없이 감은 저 눈, 다 다 내려놓고
깊으나 깊은 곳으로 길눈 밝혀 가는 것일까

동태*

생선 비린내 저린 돈주머니는 골목 가득한 어둠까지 들깨워
노량진 수산시장에서 떼 온 생선 몇 짝을 부렸던 엄니

나는 궤짝에서 통째로 빠져나온 동태 더미를 무슨 슬픔이나 아픔에 겨운 듯 후끈 쳐들고 꺼져라 땅아 내리치길 서너 번, 동태 머리와 몸통에 무수한 칼자국들, 세상의 칼끝에 들쑤셔 상처뿐인 나날들처럼 생의 비릿한 울컥임을 몇 번 더 내리쳤던 동태 더미들

봉천동 골목길 한편에서 엄니는 온종일 희멀건 동태눈처럼 풀어지다가 물 만난 생선처럼 파닥이다가 쩍쩍 얼어터진 옷처럼 하루해는 저물고

* 두 번째 시집, 『푸른 빗줄기의 시간』에서.

54

어디라도

말 없었던 엄니의 눈빛만 따라다닌 서울 길

봐도 봐도 표정이 없는 좀비들의 도시여
가도 가도 끝없는 사막뿐인 어디나 그 어디나

스타노래방이라도 갑시다, 사랑이여

가도 가도 맥 풀린 릉릉穴에 외롭고 높고 쓸쓸하니*
밑불이라도
애타게 질러 댑시다요

* 시인 백석의 시, 「흰 바람벽이 있어」에서.

몰라 몰라

서울 보라매병원 행복관 9102호
벽에 걸린 전자시계는 2015-07-14 15:36
모처럼 들어온 간호사가 엄니께 던진 말

"지금 무슨 계절인지 알아요"
"몰라"
"모른다고요!"

창밖은 끝이 없는 고층 빌딩 아파트
너머 너머는 잿빛 하늘
본관 통제식 천장 에어컨 찬 기운은 가을인지 겨울인지

나도 몰라

간혹은

강변에 온몸으로 찍힌 새 발자국이나 따라가다
모래자갈 속에 거꾸로 처박힌 술병에나 번쩍 눈이 트
이다

보았네

물고기가 튀자
백로가 단숨에 낚아채는 것을

물 오른 실버들 가지가지에 저녁놀이 찰랑대더이다
타는 물살이 고향집 연기같이 하늘하늘 날아가더이다

가려운 등짝을 긁어 주던 엄니의 손길처럼
내일은 밭을 일궈 씨를 뿌려야겠네요

봄날에

낭창거린 실가지를 박차고 오른 박새처럼
나무의 헐은 몸통을 단숨에 쪼아대는 딱따구리처럼

엄니
세상 속으로 벌떡 걸어 나오세요

매화꽃에 나비가 앉아 깐닥거리듯이
감나무에 싹잎이 툭툭 불거지듯이

이 봄바람에 물 찬 제비처럼 날아오르세요

밤새도록 우는 지빠귀의 날갯짓 같은 쑥도 뜯어야지요
매화향이 가득 배어든 머구대도 맛나게나 묻혀야지요

가을 한때

밤톨을 입에 문 산까치들이 야착하게 앞산으로 난다
나뭇가지가 후드득이고 청설모들이 휘뜩한 한나절

산밭 언덕에 새하얀 억새꽃 속에서
콩대 한 다발을 이고 엄니가 걸어 나오네요

넓적한 홍자색 감잎의 핏살이 보이고
배추밭에 흰 나비의 날갯짓이 또렷한

댓잎들까지 팔랑팔랑 엄니를 따라오네요

시양제 날

마을에서 십여 리, 횅한 들바람이 일어서고 빈 논에 매
인 염소들 발버둥한 눈빛이 따라나서 당치를 지나 구곡
을 지나 신포 뒷산을 넘어 바닷가 윗대 윗대 한참 윗대
어른들 시양제날, 시양제 전답을 지어먹는 안골 아재네
가 장만한 음식들이 제상 가득 차려지고 꿩이 솟구쳤던
가 산노루가 튀었던가 어린 우리는 제상에만 산적 꿰이
듯 눈독들이 꿀떡거리고 앞바다는 금세 눈을 돌려 버렸
던가, 온 산 샛노란 낙엽들은 지들끼리 멀어졌던가, 제가
끝나고 나눠 먹는 음식이 떡이든 고기든 탕이든 전이든
허겁지겁 해서야 바다가 출렁출렁 다가서고 시붉은 맹감
넝쿨이 얼기설기 손사래 쳤던 신포 시양제 날

마을 여러 일가의 집 몫으로 음식을 싸 주던 짚거렁치,
온몸으로 감싸 안고 산길 신작로길 터덕거렸던 시양제
날, 짚거렁치 사이로 얼금얼금 다 삐져나온 음식들, 덥석
할매와 엄니께 풀어 놓으면 개도 닭도 항꾸네나 금세 동
이 났던 어린 날

서쪽 해를 가늠하다 사장으로 공을 차러 갔던가
부삭에 불감을 하려고 뒤울 대밭을 쏘다녔던가

편지 몇 통

어디서 왔느냐

까마득한 별들이 밤새 속닥거린 소리가 새겨져 있을까
혼자 혼자 달빛아, 볼수록 살가워졌노라
바람의 깊은 한숨이 실려 있을까

아니면 요양원 엄니의 가슴 속속 말들이 날아들었나
언제나 가고 싶다던 고향 어디 밭 언덕 거기 어디
피었다 졌다 다시 피어난 꽃들이 사연 전해 달라는 것
일까
그리운 사람들의 애간장 녹은 사연들이 편편 실려 있
을까

"다 얘기한들 뭐한다냐"
하믄, 말 없는 엄니의 눈빛이 날아들었나

가도 가도 저승길, 낙엽들아
뒤돌아본 이승의 한때가 눈물겹더냐

몇 잎 낙엽이
우체통에 날아든 낙엽 몇 잎이

작은엄니가

요양원에 계신 엄니 얘기만 하면 한없이 우셨던 작은
엄니 가셨네요
꽃상여 타고 덕산밭 작은 아부지 곁으로 가셨네요

작은엄니의 울음소리도 더는 들을 수 없고
엄니 얘기도 더는 들려줄 수 없는
먼 길 떠나셨네요

엄니도 두고 아들딸들도 두고 신센떡 장동할매도 두고
평애들 덕산 지땅 모퉁밭도 두고
바람아 눈비야 구름아 잘 있어라 인사할 새도 없이
한밤중 김치 버무리다 손에 잔뜩 고춧가루 묻힌 채로
가셨네요

동서지간 모닥거려 살았던 고향땅 구구절절한 기쁨들
설움들
더는 들을 수 없고 더는 되새겨질 수 없는
작은엄니 먼 세상으로 영영 가셨네요

살았던 집은 혼자 혼자 캄캄 저물겠지요
깨고 나면 곧바로 밭으로 가던 길은 잡풀 무성하겠지요

엄니를 알았던 고향 분들 점점 가셔버리네요

보라고

코에 꿰어진 밥줄을 뽑지 말라고
엄니 두 손을 침상에 묶어두었기에

"풀어주자고"
"죽음의 길까지 묶여 가면 되겠냐"고 했더니

요양사가 하는 말

"저 눈빛이 안 보이세요!"

치매

별거더냐 세상

멀고 먼 풋보리 밭에 웬 까마귀 떼다냐

에취, 엄마 젖을 보채는 간난이로 가고 싶어라

여름날이여

방학숙제도 내던져 버리고 몰랑집에서 삐딱진 골목길로 쏜살같이 내달려 사장에 매어진 소들이 풀밭 가자고 애타게 목청 돋워 대도 마을 아이들은 말 귀신 나온다는 제각祭閣으로만 모여들어 구석때기 흙먼지까지 발싸심으로 우당탕 판굿치다 동편 서편 가름으로 엔간히도 칼싸움까지 벌리다 수박꼰도 두다 꽃을 피운 앞마당 배롱나무로 모닥거려 간지락을 태우면 숭어리 숭어리 웃어쌓는 활짝한 온몸이 땡볕보다 더 달아올라 탱자나무 울타리 날아오른 새 떼같이 날아서 튀어서 배동한 나락논에 파란만장의 햇살을 어쩌지 못해 고삐 풀린 소같이 흰 구름 꿰어 찬 바람같이 가랭이 째지게 헐레벌떡 치닫다 치닫다 웅쿨신 속 속 더 훌훌 벗어던져 버리고 철렁한 구뽀뚱 물속으로 홀라당했던 날들이여 너울너울한 물살의 깨댕이들이여

가 버린 여름날들, 까마득한 눈시울이여

가을날이여

학교가 파하고 오래된 호두나무길을 벗어나자마자 가거라 종소리야 고무신짝이 째지든 말든 냅다 돌멩이를 질러 대면 가을 햇살이 쨍쨍 쏟아져 숨구멍은 뻥뻥 뚫려 갔습니다. 겉옷을 벗어제껴 책보자귀를 등짝에 동여맨 눈망울들이 신작로를 달리다 달리다 갓길 숭숭한 잡풀 속에 몸을 던지곤 했습니다. 된갈바람에 실려 가는 뭉게뭉게 한 구름들에 온갖 형상을 그려 보다 찡찡거린 풀벌레 소리에 마을을 보면 나직한 산이 감싼 집집마다 감들이 붉으나 붉게 매달려 새들을 불러들이고 아이들아, 어서 오라 온몸으로 소리치는데 기러기 떼의 긴 행렬은 저 멀리 어디로 가는지

누구나 목 터져라 부르던 노래는 어디서 눈물을 달고 왔을까
누구나 겨워서 한 덩어리 흙으로 그렇게나 허천나게 나뒹굴었을까

왜, 말 없어도 서로가 다 통하는 길이었을까
왜, 굽이굽이 열려 가는 길에 늘 설레었을까

겨울날이여

볏짚 지붕으로 굴뚝 냉갈이 하늘하늘 멀어질 때쯤 집 나간 새들이 처마 밑 둥지로 찾아들어 뽀시락거린 밤은 깊어가고 뒤울 대바람에 섞여 친 부엉이 울음이 심지 돋운 등잔불에 오싹거려도 성가가 짐다리 책방에서 빌려온 만화책은 침투한 적군의 그림자가 아군 병사들 막사 깊숙이 어른거려 터져라 오줌보야, 물레에서 냅다 갈겨 대면 산길에서 여우를 만났다는 늙은 신샌집 낮은 처마로 눈발은 들이치고 토방에 널브러진 신발들에 허연 천들이 펄럭거렸던

그 밤들, 멀고 먼 길까지 시뻘겋게 타올랐어라
그 밤들, 멀고 먼 날까지 시퍼렇게 날아들었어라

이게 뭐냐

밭에 야콘 심을 때 측백나무 우듬지에 드높은 종달새
노랫소리
거름으로 나무들 잎잎 긁어모을 때 소담한 들꽃들의
걸판진 춤판

신명이구나!

아니, 신명이라니
춤판, 노랫소리라니

길을 벗어날 때가 되었구나

흙에도 손길 거두고 발길 끊어
무한천공에 헛발질하는 만년 백수로 살 때가 되었구나

아버지

어디로 그리 일찍 가셨습니까

서른 살뿐인 엄니만 남겨두고
전답 몇 떼기에 오갈 데 없는 자식 넷만 떨궈 놓고

이른 새벽 싯돌에 낫 가는 소리에 씀벅씀벅 잠도 깨고
싶었으나
과역 장날 졸래졸래 손잡고 풀빵집 앞에서 생떼도 쓰
고 싶었으나

얼굴도 없이

장독대 옆에서 개를 잡으며 번갯불 튀던 옷자락만 남
겨두고
닭들이 마당으로 튀고 뒤울 댓잎들 시퍼런 눈시울만
남겨두고

오래오래 엄니의 눈물만 남겨두고

그리 일찍 서둘러 가셨습니까

어디로!

늘 엄니랑
지땅을 넘어 안골을 지나 모시내 둠벙논에 갔었지요

논 가 둠벙에 축축 늘어진 능수버들 가지가지 찰싹대
는 물결에 깜짝깜짝한 개구리 떼 주춤거리고 빼꼼한 눈
을 굴리던 물뱀이 가고 부들에 둥지 튼 새의 알 몇 개

가뭄으로 논바닥은 애터지고
둠벙 두레박은 매달린 채 삐걱대고

물이 바닥난 쩍쩍 벌린 땅의 입에서
우글거리다 말라 삐뚤어진 미꾸라지 떼들

언제였던가

다시 비가 내리고 물은 차올라

물풀들 흐늘거린 둠벙에 지나던 노을이 찰랑대자

물에 갈퀴질 해 대던 남생이가 일으켰던 물이랑
뒷걸음질의 가재 떼가 풀숲으로 들락거렸던 둠벙, 둠벙

그 식구들 다다 어디로 갔나, 지금은

훌훌 털고

나주할매는 청국장을 띄우려 볏짚을 가져가고
강진하내는 메주를 매달려고 볏짚을 가져갔네

나는 볏짚을 마늘밭 양파밭에 피복被服으로 덮어 주고
남은 볏짚은 왔던 곳으로 되돌려주려 묶어 둔 저녁

노인들의 집불들이 꺼지고 삭은 사챙기 줄줄이 끊긴
듯한 골목
수런대던 별들이 몹시도 대바람을 불러들인 깊은 밤

고라니는 울며 울며 어디로 튀어가는지

밤에도 뜬눈이다는 엄니
무엇이 사무치게 언뜻언뜻 깨어나는지요

그래요, 날밤 새면 어쩝니까
훌훌 털고 어디든 맘껏 다니세요, 누구든 만나세요

들판아

요양원 침대에 노을빛이여

물 쬐끔 다오, 물 물

말 없는 눈빛에 캄캄해진 들판아

고사리 꺾다

산벚꽃 피고 비바람 들이쳐 꽃 지고
펄펄 꽃잎 깔린 산녘 아랫목마다
고사리 돋았네요 고사리 고사리 옛얘기 들썩이네요

봄빛 깨어나 비 그치고 우중충한 날
민둑골 독점골 먼먼 팔영산까지
고사리 꺾으러 다녔다는 얘기

한 줄기 한 줄기 덥석이다 애탄 살림도 잊어 보다
솔숲에 새가 울어 울어 속 썩인 것들도 털어 보다
졸졸 물소리 계곡에 돌멩이도 홀가분 던져 보다

어어, 저기 좀 봐, 어, 여기도

한나절 지나서야 고사리 한 보자기 꺾어 왔다지요
　고달픈 삶도 꺾고 꺾어서 바람 실린 새순처럼 환했다
지요
　이웃들 나눠 주고 제사나 명절 때 차릴 몇 사발거리 말

못하게 뿌듯했다지요

　살다 살다 마을 아짐들과 산을 쏘다닌 일이 그때였다,
했지요

　삶은 고사리 마당에 너는데 호랑지빠귀 날아들어
　울먹이는 옛사랑 내내 떠날 줄 모르네요, 엄니 엄니

나무야

엄니 몸은 비쩍 말라붙은 장작개비가 되었고
아들까지 알아보지 못하는 것을 보고

집에 돌아와 나무를 찾아 헤맸네

고향 하늘 쪽이 보이는 거기 어디
들꽃이 흐벅지게나 피고 개 닭 소리도 들리는 거기 어디
간혹은 맷돼지 떼도 지나고 토끼 똥도 떼굴떼굴한 거
기 어디
온갖 새도 찾아들어 서럽게나 울어싸서
가지가지 화들짝 깨어 잎잎이 새움 돋는 거기 어디

간혹은 살았던 한때도 눈시울 붉어지고
노을까지 덩달아 기뻐 날뛸 거기 어디

나무 없나, 나무

달빛 살가운 밤이면

옛정들도 홀연히 나타나 더덩실 춤도 추어댈

나무야 엄니야!

나무가

어디로 갔느냐, 몸통아

잘린 나무 밑동에 오갈 데 없는 물길이 빤한 눈들이구나
가지가지 잎맥의 숨결까지 뻗혔던 실핏줄 끊긴 아우성
이구나

내 생의 몸통아, 어디로 갔느냐

가거라

청천하늘이 베어지고 계절의 허리를 잘라먹던 눈빛
아래채에 걸린 낫이 무뎌졌구나 녹이 슬어가는구나

나의 발등을 내리 찍으랴
이녁 가슴을 도려내랴

인자는 가거라

시퍼렇게 날이 서서 고맙던 낫아
씀벅씀벅 아무 데나 설쳐 댔던 삶아

때를 모르고 발기하는 욕망은 들이치는 빗발에 잘라
버려라
굴뚝의 연기처럼 솔방울의 시퍼런 눈들처럼 바람에 내
어 맡겨라

그래도 남은 무엇이 있거들랑 불질러 버려라 날려 버
려라
가거라, 삶이여

아침 노을이

갈기갈기 휘달리는 희디 흰 구름이
저 불 속, 이글거린 불 속으로

가는구나 단 한 번 사는구나

삽자루 메고 논둑길 걷는 저 농부도 밟히는 풀꽃도 폴
딱한 개구리도 날아간 새들도

해가 불쑥 중천이구나

삶이여, 씨 뿌린 밭에 풀들만 출렁대는구나
잿빛 하늘만 버석거리는구나

금세 날은 저물어가는구나

비나이다

옛적 소마구간 옆 대밭 언덕에 구렁이 울어 울어
툭 터진 샘물아 삼시랑아

첫 새벽 한 사발 물을 올리고
구시렁거린 엄니의 간절한 떨림이었던 장독대야

거기에 비나이다

그 먼 고향집에 꽃이여, 철마다 꽃이여

간간이 흩뿌리소서, 엄니께
그 많던 새소리도 찾아들소서

지빠귀새 울음이

풀잎의 날을 세워 저리 불어대나
날아든 칼끝이 여지없이 꽂혀든다

혼자 있는 엄니의 흐느낌처럼 울음처럼
밤새 속속 애끓는 날들이 있어

날이 새고 나는 있어
봄이구나 꽃이구나

아차!

벚꽃 핀 잎사귀에 청개구리 한 마리 빤한 우주다
박넝쿨 타고 오른 칙간 지붕에 덩어리 덩어리 달이 떴다

이 지구는 어디쯤이지!

날아가던 낙엽에서 쏜살같이 내 낯짝에 떨어진 쐐기여
눈이 퉁퉁 부어오른 이 우라질 행운이여

세상 뵈는 게 없어 마음 번쩍 트인 이 신새벽이여

꿈이런가

정제 설강에 시루떡 담긴 석짝이 있는디
엊저녁 장독대에 퍼놓은 폿죽도 묵어라 와

아이, 종지기에 단 것 좀 가져와라
소주도 한 잔 해라 와

꿈이런가 꿈

서편 나무에 붉으레한 엄니의 얼굴로만 저뭅니다
엄니가 늘 돋운 등잔불 심지가 활활 합니다

몰라

산을 넘고 들을 지나 대밭을 온통 뒤흔드는
저 비바람은 어디서 왔을까

엄니는, 나는?

굽이치던 비바람이 말없이 가 버리네

다시 세차게 밀려드네

김연심(1932~2016)님

엄니

가셨네 가셨네
저 먼 세상으로 가셨네

송만철

1957년 전남 고흥에서 태어났다. 1996년 『불교문예』 신인상으로 작품활동을 시작했으며 시집 『참나리꽃 하나가』, 『푸른 빗줄기의 시간』을 발간했다. 현재는 전남 보성에서 농사를 짓고 있다.

문학들 시선 039

엄니

초판1쇄 찍은 날 | 2016년 8월 11일
초판1쇄 펴낸 날 | 2016년 8월 25일

지은이 | 송만철
펴낸이 | 송광룡
펴낸곳 | 문학들
등록 | 2005년 8월 24일 제2005 1-2호
주소 | 61489 광주광역시 동구 천변우로 487(학동)2층
전화 | 062-651-6968
팩스 | 062-651-9690
전자우편 | munhakdle@hanmail.net

ⓒ 송만철 2016
ISBN 979-11-86530-26-9 03810

· 잘못된 책은 바꿔드립니다.
· 이 책 내용의 전부 또는 일부를 재사용하려면
  반드시 저작권자와 문학들의 동의를 받아야 합니다.
· 책값은 뒤표지에 표시되어 있습니다.
· 이 책은 (재)전라남도문화관광재단의 후원을 받아 발간되었습니다.